苦難の海に立ち向かい

福田　凜

東京図書出版

―尊敬してやまない亡き主人に捧げる―

一

十年前の八月十四日のことでした。

その日は朝から様子がおかしく、和室に横になっている主人に声を掛けると、

「どうしても立ち上がれない」

と振り絞るような声が返ってきました。

後ろから抱きかかえ、手術で痩せ衰えた体を無理矢理動かそうとしたその瞬間、そのまま私の胸に崩れるように倒れ込みました。

時折思い出したように広げる本があります。

読書好きな彼が倒れるまで持ち歩いていた二冊のうちの一冊、二〇〇一年に出版さ

れた『魂のみなもとへ』です。

谷川俊太郎の詩を読んで哲学者の長谷川宏がイメージの広がるままにそれを文章にするという極めてユニークな発想に基づくこの本には、「詩と哲学のデュオ」と副題が添えられています。

最初の詩が「世界が私を愛してくれるので」です。谷川俊太郎がまだ若い頃の作品ですが、この詩は読み手によってどのようにも解釈出来ます。恋人との別れであってもいいし、転任による先生と生徒との別れであってもいい。それが優れた詩人の素晴らしい作品なのだと思います。

私の場合は最も深刻な別れでした。今でも何故この時に彼がこの本を読んでいて、それが私の手に渡り、その後想像を絶するような悲しみの淵から救い出してくれたのか不思議に思うことがあります。

精神的に極限の状態に追い詰められている時にこの本と出合い、何とか生きようと思い直す、この時から詩の力には凄いものがあると思うようになりました。

倒れてから三週間近くも頑張ってくれましたので自分の想いを全て伝えられ、そのことを今でも深く感謝しています。

けれども、人々の為を想って仕事を完遂することに情熱を注ぎ、病を隠し通した彼の「孤独」に想いを巡らす時、何の力にもなれなかった自分を責め今でも涙が溢れます。

世界が私を愛してくれるので
(むごい仕方でまた時に
やさしい仕方で)

私はいつまでも孤りでいられる

私に始めてひとりのひとが与えられた時にも
私はただ世界の物音ばかりを聴いていた
私には単純な悲しみと喜びだけが明らかだ
私はいつも世界のものだから

空に樹にひとに
私は自らを投げかける
やがて世界の豊かさそのものとなるために

……私はひとを呼ぶ

すると世界がふり向く
そして私がいなくなる

「世界が私を愛してくれるので」

二

救急車の後を追って、猛スピードで病院に向かいました。外来用の玄関ホールを小走りに横切って、突き当たりのエレベーターの上りボタンを慌てて押しました。この棟の三階に集中治療室はありました。

エレベーターは、地下二階から最上は十五階まであるこの棟にたった一台しか用意されていないので、運の悪い時には既にすし詰め状態で乗ることも出来ず、見過ごさなければならないこともありました。

病院に着き救急用の入り口で別れたままでしたので、エレベーターを待たずに迷わず一気に階段を駆け上りました。

左手に集中治療室がありました。扉を押して中に入るとナースステーションのカウンターがあり、その向こうでは何人かの看護師が慌ただしく連絡を取り合ったりしていました。

名前を告げると一人の看護師が奥の集中治療室を指差しました。

部屋に入ってすぐ右手にベッドは置かれていました。長い時間会えなかったような気がしていたので顔を見るとほっとしました。点滴用の針が腕に突き刺さっていました。

「貴方、大丈夫？」

呼び掛けにゆっくり辺りを見回すような仕種をしてから、こちらに顔を向けました。

「僕はどうしたんだ……」

「貴方、家で気を失ったのよ。今、病院にいるのよ。分かる？」

頷くようにかすかに首を傾けました。

「これから手術をするのよ。頑張って。待っているから」

「そうか……。

手術が終わったら、凜、車でゆっくり家に帰ろう」

私が聞いた彼の最後の言葉でした。

何故なら手術後に目覚めたものの酸素マスクを付けていましたので、一言も話すことが出来なかったからです。


集中治療室の前には連絡を受けた会社の人達が何人も駆け付けて、重苦しい雰囲気に包まれていました。

「これから緊急の手術をするそうです。医者には成功率は一パーセントだと言われていますので覚悟しています」

私の言葉に数人の人達が慌てた様子で治療室に入って行きました。中にはどこかに連絡するのか急ぎ足でその場を立ち去る人もいました。

その後ろ姿を見ながら、過去の入院の際、一度も他人の見舞いを許さなかった主人の頑なな態度を思い出していました。

今から手術室に向かうという看護師の知らせで、急いで部屋に戻りました。彼は目を瞑っていました。移動ベッドの傍らでそっと手を握ると、かすかに頬が緩んだような気がしました。

二人の看護師が徐《おもむろ》にベッドを少しずつ動かし始め、手術患者専用のエレベーターの方に向かいました。移動ベッドの車輪の軋む音が妙に耳に残りました。

……手術は終わりました。一パーセントの可能性しかない手術を本当に無事乗り越えたのだろうか。信じられない気持ちでした。後で執刀医の話があるということでした。

「貴方、分かる？」

麻酔から覚めた彼に声を掛けました。しっかりと閉じられていた目がうっすらと開きました。枕元には血圧計や酸素を取り込む医療器械が何台も置かれていました。もう一度全身の血液を入れ換える為の麻酔の処置が取られると助手が伝えに来ました。

「患者さんは五日間眠っている状態になります」……

この処置が取られる直前主人と会話を交わしたのは、急を知って取る物も取り敢えず駆け付けた、前の会社で三十年以上一緒に仕事をしてきた後輩のMさんでした。横たわるベッドの横で頻《しき》りに主人の名前を呼ぶと、

「まっさん、ジャズを聴いているか？」

と落ち着いた声が返ってきたそうです。

「ええ……」

「そうか」

それは低く、それでいて威厳のある、人を諭すような響きだったそうです。ジャズはMさんの一番の趣味でした。

新婚当時住んでいた社宅は長屋のような造りで、東南角に玄関、その奥に進むと茶の間と台所があり、左手には八畳の和室と次の間という田の字型の広々とした昔風の家でした。

南側とそして北側にはかなりの広さの庭まで付いていていました。

ところが築後三十年近くも経った古い家だったせいか、お風呂がありませんでした。独身時代を寮の最上階で過ごした主人はアパート住まいには辟易していたらしく、比較的新しい一戸建てのプレコン社宅を申し込んだものの引き渡しが間に合わず、その後アパートを断って何の相談も無くこの家に入ることを決めてしまったのです。

結婚前の「風呂屋に行けばいい」という言葉に、まだ学生だった私の新婚のバラ色の夢は無残にも打ち砕かれ、思わず涙ぐんでしまったのでした。八歳年上の彼は東京育ちの若い娘の言うことを無視することも出来ず、暫く黙り込んでいました。

結婚式を数週間後に控えた打ち合わせの日のことでした。住む家の北側に面した台所の横で、主人とMさんが蹲って何かを始めています。覗いてみると木枠に二人でせっせとセメントを流し込んでいるのです。

「何を造っているの？」

「風呂だよ」

「……」

お風呂は素人が造るものではないと頭から思い込んでいましたので、唖然として二人のすることをただ黙って見ていました。

「風呂桶は頼んでありますから大丈夫です」

とMさんが心配そうに見守っている私に声を掛けました。

「窓もドアもあるんだ」

こういう時の彼は自分が編み出した風呂造りに、しかも扉や窓まで付いている飛びっきり上等の「風呂」にすっかり満足し切った様子で、少しの間も惜しむかのように地面の上にブロックを並べたり排水溝を造ったり、ひたすら風呂造りに励んでいました。

何を造るにも決して手を抜かない、何よりも「物をつくる」ことが大好きな人でした。

見事な共同作品(?)は、見るからに手造りといった印象は免れませんでしたが、私達の新婚生活に十分役に立ってくれました。

木の風呂桶も思いの外気持ちの良いものでしたが、夏になると壁に当たる水色のトタン板と土台の部分の地面に並べたコンクリートブロックの僅かな隙間から時々小さな蛇が入り込み、その都度私は悲鳴を上げなければならなかったのです。

彼が三十代の頃は仕事でとても忙しく、毎晩のように帰りの遅い日が続きました。ある時夕食の準備を終えてひたすら帰りを待っていたのですが、一向に帰って来る気配はありません。

社宅は本社から歩いて十分くらいの所にありましたので、玄関から外に出ては何度も会社の方角を不安な気持ちで眺めていました。

十一時を過ぎ、やがて午前一時を告げる時計の鳴る音がしました。その当時家にはまだ電話が無かったし、帰りを待つしか仕方がありませんでした。

うとうとし始めたちょうどその時でした。家の前で車が停まり、外で声がしました。時計を見ると午前四時を回っていました。

慌てて鍵を開けると、目の前に彼と後輩のMさんが憔悴し切った様子で立っていました。薄汚れたグレーの作業服に現場用の帽子を被り、無精髭を生やした顔に寝不足で血走った眼が彼らの苦労を物語っていました。

こういうことはその後も何回かありました。

結婚後の一九七〇年代の頃の話ですが、持って帰る鞄の中に時々特許の「表彰状」と「報奨金」が入っていることがありました。筒に収められた幾つもの「表彰状」は、箪笥の引き出しに無造作に置かれていました。

昭和十五年生まれの主人は幼い頃に終戦を迎え、その上父親までも戦争で亡くし、兄弟が多かったこともあって大変困難な少年時代を過ごしました。そのせいか多くの同世代の人々がそうであったように、「欧米に追い付け追い越せ」がいつも頭にあるような人でした。

戦後の日本の経済発展を考えますと、彼は紛れもなく技術革新することで復興を支えた、戦中生まれの典型的なエンジニアの一人だったと思います。

当時こんなこともありました。

私達が結婚したのはちょうど大阪で万国博覧会が開催された年でした。社宅が高速道路のインターから十分くらいの所にあったので、父が万博の行き帰りに立ち寄ることが二、三回ありました。初めての時は前触れも無く突然現れました。

玄関に入ってすぐの二畳間に、父が神田の古本屋で私に買い与えた河出書房の『ドストエフスキー全集』が新しいスチール製の本棚にきちんと収められていたので、びっくりした様子でした。

結婚前に運び入れた荷物の中で彼が整理してくれていたのは本だけで、後の物はその辺に放ってあるような状態でした。ドストエフスキーは彼が中学生の時に『罪と罰』を読んで以来の愛読書で、その他の作品も殆ど読破していたと思います。

その頃には畑仕事の好きな彼の手によってもう裏庭は綺麗に耕され、インゲン豆や茄子や胡瓜が枝もたわわに実を付けていました。

四畳半の茶の間の襖には「リヒトホーフェンの戦闘機」や「ライト兄弟のグライダー」、独身時代から持っていたトロンとした目のドラム缶を抱えたビーグル犬の貯金箱が、ちょうど畳に座った時の目の位置の高さに描かれていました。襖を全てキャンバス代わりに仕立ててしまったのでした。

父が来たその日、夜も大分遅くなって車で送ってもらった彼が、すっかり酩酊した状態でやっとのことで鍵を開けると、転がり込むようにして八畳の和室に入って来ました。

父と私は主人の帰りがあまりにも遅いので、先に布団に入って休んでいました。事情を知る由もない彼は、こともあろうに私の名前を呼びながら父の寝床を目掛けてにじり寄ってしまったのです。

「なんか変だなあ」

さすがに途中で気が付いたのだと思います。慌てて自分の寝床に戻り、

「おかしいなあ。もう僕寝ちゃおう」

と呟くなり布団に素早く包まって、鼾を掻いて寝てしまいました。

畳の部屋が三つもあるのに、どうして「川」の字に布団を並べて敷いたのか、今でもさっぱり分かりません。

三

八月十四日は恐ろしく長い一日でした。

手術後に担当医の話があるという知らせで、待機していた私達はナースステーションの左隣にある薄暗い部屋に集まりました。

部屋の中央には色褪せた茶色の革張りの応接セットが無造作に置かれ、扉のすぐ横には中くらいの大きさの黒板が用意されていました。

数分後、執刀された担当医と助手が分厚いカルテを携えて足早に入って来ました。

暫くの沈黙の後、徐に担当医が切り出しました。

「腹膜炎を起こしていましたので縫い合わせましたが、血圧が異常に下がってきましたので」

「……」

「暫く様子を診ながらもう一度手術をして完全に縫い合わせます。今は自力で呼吸をするのも困難な状態ですので」

息苦しくなるような空気が流れました。

「今から血液を換える為の全身麻酔の処置に入ります。患者さんは五日間眠っている状態になりますが、その後の様子を診てから次の処置を考えたいと思います」

いつの間にかすっかり日が暮れていました。

天井に申し訳程度に付けられた蛍光灯が、かえってこの部屋の暗さを際立たせていました。

扉の向こうでは夜勤の看護師が慌ただしく行き交っていました。

部屋に戻り、

「分かる？」

手術後の麻酔から覚めた彼にそっと声を掛けました。口には酸素マスクが取り付けられていました。

「偉い。本当に凄い。一パーセントの確率を乗り越えたのよ。さすがよ」

興奮していたせいか虚しい褒め言葉が次から次へと溢れ出てきました。

その時でした。瞑っていた目が少し開いて、苦しげな表情の中に僅かな微笑みを口元に浮かべたのです。

「貴方は本当に凄い人よ」

この後五日間の深い眠りに就きました。

集中治療室の前で待機していた九州から飛行機で駆け付けた彼の姉や姪、それに横浜から慌ててやって来た私の姉に担当医の話を伝えました。

その日は病院に泊まることになりました。仮眠室使用許可の用紙を一階の守衛室にいる初老の係員に見せ、鍵を受け取りました。

ふと気が付いて時計を見ると、十時を大分過ぎていました。病院の玄関ホールは既に必要最小限の明かりが灯され、全体が暗く閑散としていました。入院中と思われる病院のパジャマを着たスリッパ履きの患者が数人、ホールの中ほどにある自動販売機のコーナーで飲み物を買い求めている姿が目に入りました。

この棟の九階にある仮眠室は六畳の畳と一畳半の板の間の部屋で、入り口の反対側に小さな窓があり、その真下には古惚けたテレビが置いてありました。左手の部屋の隅には数枚の毛布が折り畳んで積み重ねてありました。

窓から外を眺めると鬱蒼とした木々に囲まれた沼地の向こうに、車のヘッドライトの明かりが見え隠れしていました。

目に入る景色は三年前と全く同じでした。

＊
＊
＊

その時彼は手術前後の二週間、この沼地の周りを一時間以上も掛けて毎日歩いていたのです。

五月の連休の前でした。口の中の異常に気が付きました。

命に関わる病気の再発を危ぶみました。

一刻も早くその種の専門の病院で診察を受けるように頼みました。

すぐに聞き入れてくれると思ったのですが、意外にも主人は強く反対したのです。

専門の病院に行ったら自分は今の仕事を続けられない、世の中はそんな甘いものではない、むしろ万が一入院が長引いた場合に備えて病院を考えなければいけない、仕事と両立させる為になるべく会社から近い方がいい。信じられない話でした。

会社を上場する為に山のような仕事を次々と精力的にこなしているその最中でした。

目の前にある困難を一つ一つ粘り強く解決し、目標に向かって努力し、やがて達成する。その積み重ねで会社を大きくしていくことの充実感など、普段あまり口にしない仕事の話が多くなっていました。

その年の連休明けから暫くして二十日も大分過ぎた頃だったと思います。彼は入院しました。

病室はちょうど仮眠室の真上に位置する特別室でした。部屋の大きな窓から見える外の景色は、病院全体がこんもりとした木々で囲まれているせいか、至る所瑞々しい若葉で満ちていました。

執刀する医師は年の割には髪が薄く老けて見えましたが、三十代後半で経験もそれほどあるようには思えませんでした。それどころか見るからに頼りなさそうで、命を託すこと自体が患者の家族としての怠慢さを示すような、そんなタイプの医者でした。

その上運の悪いことに当時軽い糖尿病を患っていました。たいしたことではないと思っていたのですが、そのことが手術を進める上で大きな障害になりました。感染症や合併症を生じるという理由で、糖尿病専門の医師から一週間後に予定されている腫瘍の摘出手術を許可出来ないと告げられたのです。

「三週間で退院しなくては総会に出席出来ない。総会で議長を務めなくては今の仕事を辞めなければならない。僕でなければ中国や東欧の進出を上手く為し遂げられないし、一部に上場するのも無理なのだ」

「貴方の代わりはいくらでもいるでしょ」

「駄目だ。駄目だ。完全に遣り遂げられるのは僕だけだ。お前には仕事がどんなに大変なのかが分かっていない！」

一方的に捲し立てる彼を思い止まらせるのは所詮不可能な話でした。

「仕事」を思い通りに遣り遂げる、「病気」を乗り越える。仕事も病気もそのどちらもがあまりにも重過ぎました。

すぐに手術をしてもらえないと分かった時の彼の様子は、傍で見ている者にとっては大変辛いものでした。

「血糖値なんかすぐに下げてみせる」

それからというもの毎日のようにこの言葉を病室で繰り返すようになりました。

次の日のことでした。いつものように病院に行くと、来るのが遅かったとでも言いたげな不機嫌そうな様子で、

「玄関に置いてあるウォーキングシューズを持って来てくれ。毎日一時間以上病院の周りを歩くからな」

私はすぐさま血糖値を下げる為に体を動かすのだと理解しました。

そう言い放つと彼は一刻も無駄にしたくないという様子で、スリッパから入院した時に履いて来た革靴に履き替え、そのままパジャマの上にガウンを羽織り、勢いよく部屋から飛び出して行きました。

何を始めるのかと思って後を追うと、部屋の入り口左手奥にあるこの棟の南側の階段に、吸い込まれるように消えて行きました。予定通りに手術を受ける為に、十五階から一階のロビーまで何回も階段を上り下りして、血糖値を下げようと考えたのです。それだけではありませんでした。翌日の面会時間に頼まれたウォーキングシューズを持って部屋に入ると、まるでこちらが何時間も待たせたかのようにぐっと睨み付け、履き替えるのももどかしいといった仕種でそそくさと出て行きました。

ベッドの薄い上布団を整え、下着の替えを風呂場の入り口に置くと、これといってやるべきことも無いので、ぼんやりとベッドに腰を掛けたまま窓から外の景色を眺めていました。

小一時間も経ったでしょうか。扉を軽くノックする音がして、一人の若い看護師がインシュリンの注射器や聴診器等の医療器具を抱えて入って来ました。

「あら、患者さんは？」

「今ちょっと出掛けて、いえ、外していますけど」

「内科の受診ではないですよね。今日の午前中に済ませたはずだから」

「ええ、多分院内か病院の周りを歩いているのだと思います」

「外出許可を出さないと病院を出ることは出来ないのだけど。いつ頃ですか？」

「家では毎朝必ず一時間歩いているので、近くを散歩しているのだと思います。入院していると、運動不足になるとこぼしていましたので」

少し慌てた様子でその看護師は部屋を後にしました。

それから間もなくして連絡を受けたのか、婦長や担当の看護師も姿を現しました。

「どこに行かれたのかしら？」

病院内に彼の名前を呼ぶアナウンスが流れました。

「大丈夫だと思います。直に戻って来ると思います」

私が付いていたのにという後ろめたさもあってか、たいしたことでもないのに何故そんなに騒ぐのかというような口調にいつの間にかなっていました。

婦長が重苦しい雰囲気の中でようやく口を開きました。

「午前中内科の教授に来週の手術は無理だと言われて、それから殆ど患者さんは口を利かないようになられたので」


人一倍意志の強い人でしたので、自分がこうしたいと思っていることを誰かに邪魔された時は手が付けられませんでした。

一瞬不安が過りましたが、彼に限って馬鹿なことはしないだろうという思いが、辛うじてそれを打ち消しました。

それから三十分も過ぎたでしょうか。正確な時間は覚えていません。もっと長かったかもしれないし、短かったかもしれない。

部屋のノブがゆっくり回りました。体全体で押し開けるようにして、彼が入って来ました。腕には本を何冊も包み込んだビニール袋を抱えていました。

「どうしたの？　皆で心配していたのよ」

馬鹿らしいと言いたげな目でそこに居合わせた私達を一瞥し、袋をベッドの脇の長椅子に置きました。車で二十分の本屋まで往復三時間近くも掛けて歩いて行ったのです。

「必ず外出許可を取ってから出掛けて下さい。本当に困りますから」

執拗に同じ言葉を繰り返してから、婦長は若い看護師の背中を押すようにして部屋を後にしました。

「自分達の責任だけを果たせばいいと思っている。本当に患者のことなど考えていない」

吐き捨てるような物の言いようでした。

気まずい沈黙が流れました。

「手術をしてもらえないのなら、この部屋の窓から飛び降りるぞ」

思わず西日をいっぱいに浴びた窓の方に視線を移しました。

暫くして部屋の外で数人の話し声がしました。

ノックの後、手術担当の医師が婦長や看護師達と一緒に入って来ました。

「病院の規則は守って頂かないと」

担当の医師はほとほと困っているという様子で、彼が横になっているベッドの枠に手を掛けました。

「手術のことで明日午前中に内科の教授の診察を受けてもらうことになりました。その結果を踏まえて、もう一度よく話し合いましょう」

慌てて部屋を出て行ったさっきの若い看護師が血糖値を測る為に、医療器具を両手いっぱいに抱えベッドに近付きました。

「三四〇、かなり高いですね……」

自分の努力が全く実を結ばなかったと知った彼の落胆ぶりが体中に読み取れました。

医師や看護師が出て行くと、遣り切れない沈黙が部屋中に広がりました。

「手術をしてもらえないのなら、この部屋の窓から飛び降りるぞ」

さっきの彼の言葉が頭に過りました。無意識に窓に近付いていました。窓ガラスを思い切って引くと数センチしか開きませんでした。内心ほっとしました。

次の日の午後、内科の診察を受けに外来病棟に出向きました。診察室の前は大勢の外来の患者が椅子に座って、如何にも待ち草臥れたといった様子でひたすら名前を呼ばれるのを待っていました。

十分くらい経ったでしょうか。看護師に促されて診察室に入りました。

通り一遍の診察の後、教授は黙ってカルテを見てからコンピューター画面のデータを食い入るように見詰めていました。

数分がお互い無言のまま過ぎていきました。

「遅くとも来週中に手術を受けたいと思います」

意を決したかのように彼が口を開きました。

自分の意志を必ず通すぞという強い調子が込められていました。固く決心したその顔は、気のせいか幾分青ざめているように見えました。

暫くしてからようやく教授の座っている椅子が回転し、真正面に向き合うような格好になりました。

「まあ、仕方がないでしょう」

体格が立派な先生でしたので、椅子が小さく見えました。

「術後の血糖値が心配なんですがね」


次の週の半ば、水曜日だったと思います。

季節は梅雨に入る前で朝から晴れ渡り、清々しさすら感じさせるような一日の始まりでした。

手術は予定通り午前九時から行われました。

その日の夜でした。手術担当医師が説明の為に病室に入って来ました。

「メスを入れるのが難しいところがありましたが……多分大丈夫でしょう」

心配になって念の為に問い質すと、通院という形で引き続き治療を施すということでしたので、少し不安が和らぎました。

ところが次の日、いつものように病室に入ると、知り合いの別の科の教授が幾分険しい表情でベッドの脇に立って、頻りに何か話していました。

「あれでは駄目ですね。私から先生に話したのですけどね」

主人は教授の説明に相当苛立っていました。

教授が出ていくと、私にノートを持って来るように目で合図しました。
そして鉛筆で、

治るかどうか分からない！
喋れるかどうか分からない！
名医は一回で勝負するけど、ヤボは何回でもやる！
一週間後を目処にガーゼを抜く

と書き殴ったのです。

手術が成功ではなかったことをすぐさま理解しました。これから起こり得る最悪な事態を予想し、立っていられないほどの緊張感が走りました。首筋から肩、両足、内臓の所々が一度に硬直し、思うように動けないままソファに倒れ込みました。

二週間後に退院しました。

その直後のことでした。思い余って、友人を介して別の病院の教授の判断を仰ぎました。

「仮に二回目の手術を受けた場合、喋れなくなる可能性があります」

＊　＊　＊

この時を境に全てが変わっていったよう気がします。

不安を承知で敢えて仕事を優先した、それと引き換えに確実に自分の命を削っていったのです。

彼はこう考えたのだと思います。

目の前の押し寄せる仕事を兎に角片付けていかねばならない、病気は医者が何とかしてくれるだろう、後は自分の意志の力でどうにかする、どうにかしてみせると……。

その後の転移を考えますと、この時のことが鮮明に思い出され、どうしてあの後すぐに専門の病院に行かなかったのか、そうすることが私の義務だったのではないか、何故仕事を辞めるようにと主人を説得出来なかったのか、言うことを聞いてくれないのなら窓から飛び降りると泣き叫ぶことが出来なかったのか。そうしていたら、事態は違っていたような気がするのです。

あの時、私は人生の岐路に立っていました。

次の年でした。彼の思い通りに会社は無事に上場を果たしたのです。

四

会社が無事に上場を果たしたその年でした。

中古で手に入れたリゾート村の家を思い切って建て替えることにしました。その家はアメリカ西海岸の都市をモデルにして造り上げた明るい雰囲気の湖畔の村に建ち、暖かい日には何艘かの小型ヨットが白い帆を膨らませ、競い合うようにして湖面を滑るように走って行きます。

古い家の取り壊しを一週間後に控えた夏の日だったと思います。新しい家が完成するまで家具や布団などの荷物を一時倉庫に預かってもらうことになり、荷物を整理する為に前の日から泊まり掛けで出掛けて行きました。

蒸し暑い日でした。冷蔵庫の中を片付けたり、食器を厚い紙に包んだり、休む間もなく仕事に追われていました。

彼はウッドデッキの下に置いてあったシーカヤックを庭に運び出し、せっせと金具を取り外して折り畳んでいました。全長六メートル以上もある物は倉庫に入らないので、小さくしてほしいと言われたのです。一人でやるには大変な仕事でした。

午後には電気屋が来て、シャンデリアやクーラーを取り外しました。

家の中は耐え切れないほど暑くなり、そのうち私達は軽い脱水症状に陥って、別荘村の事務所で買って来たビールや冷たいお茶を何缶も飲み干してしまったのです。

次の日の朝早く、約束の八時よりも三十分も早く車が停まる大きな音がして、業者の人達の話し声が耳に入りました。

私達は慌てました。というのは前の晩あのまま寝入ってしまい、殆どの荷物はリヴィングに散乱している状態でした。

若さではちきれそうな引っ越し業者の若者八人が玄関の前に現れました。暑かったせいかお揃いのベージュ色の短パンを穿いていました。

何を思ったのか彼はそれを見るなり、

「僕も短パンになっちゃおう！」

と負けずにアイボリーの長ズボンを脱ぎ捨てて、お気に入りのオリーヴとベージュのツートンカラーで「P」という字がつばの中央に縫い付けられたゴルフ帽をちょこんと頭に載せました。

それからの彼の働きは呆気に取られるほど精力的でした。その上何をやるにも上機嫌でした。まるで子供のようでした。彼等の後に付いていっては、

「ほい、来た」

と掛け声を掛け、大切にしている宝物、自分で組み立てた「ゼロ戦」や「リヒトホーフェンの戦闘機」と呼んでいたドイツのフォッカーDr.I、赤い三葉形式の飛行機のプラモデルを大きな段ボール箱にしまい、大事そうに手渡していました。

心配は全く無用でした。若者八人の手際の良さと予期せぬ彼の働きで、瞬く間に荷物は全てトラックに運ばれてしまったのです……。

新しい家はその年の暮れに完成しました。煙突のあるレンガ造りの英国風の外観でした。

階下はリヴィングとダイニング、中央には丸く突き出たアルコープ、東北角に客用の和室。二階は主人のアトリエ兼書斎で、十二畳のアトリエの北側に掘り炬燵付きの四畳半の書斎が、更にその奥の三畳分のスペースは書庫として使えるようにしました。

その場所には特に思い入れがあったようで、工事を着工する前に予め自分で寸法を測り考案した書棚が壁いっぱいに配置されました。業者に分厚い板とそれを支えるビスを注文し、後は一人で組み立てて完成する予定のようでした。板は蔵書の多さに比例し、何枚にも亘りました。

暮れに引っ越しを始めました。まだ未完成でしたが、休み中に片付けたいという思いもあって、全集を除いた文庫本や単行本の殆どを自宅から運び入れました。

その日は大晦日でした。夜中の三時過ぎまで電動ドリルの音が家中に響き渡りました。一人で壁に長い板を据え付けるのがどうにも難しいらしく、時折手が滑っては板が床に落ちる大きな音がしました。何度か目が覚めて寝室から声を掛けましたが、中断する気配は一向にありませんでした。一度何かを始めたらその集中力は人並み外れたものがありましたので、好きなようにさせるしか仕方がなかったのです。

書庫に取り付けられた数十枚に及ぶ板は彼の設計通り寸分も違わず壁に嵌まり、専門の職人も舌を巻くほどでした。実際完成した書棚は素人が造ったものとはとても思えず、目を見張る見事な出来栄えでした。三畳ほどの広さの壁を背に本の重さに耐えられるような分厚い板が、天井から床に至るまで十～十三枚等間隔に嵌められ、四千冊以上にも及ぶ単行本が、芸術一般、経済、ビジネス、歴史、心理、教育、工学、趣味、園芸等とジャンル別に分類されています。特に目を引くのは新書と文庫本のコーナーで、四十年以上に亘って集めた約二千冊の文庫本全てに書店のカバーを掛け、其々の背表紙にその本の題名を自分の手でしかも毛筆で書き込んであることです。

この狭い空間を余程気に入っていたと見え、家に着くと真っ先にこの場所に来て、呼びに行くまで決して離れることはありませんでした。

リヴィング南側アルコープには、読み掛けていた岩波新書『キリスト教と笑い』が丸テーブルの上に置かれたままになっています。

雨上がりの清々しい風が、敷地に植えられたアメリカンデイゴやヤマモモの生い茂った葉の隙間を吹き抜けていきます。

その木々の根元の陽の当たる場所にミントやコンファーといったハーブや、時にはさつま芋や鞘インゲンを植えることもあって、収穫があると夜の食卓に並べられました。

ある時リヴィングのソファでうとうとしていると、湖の周りのウォーキングから戻った彼が、自分の育てた一輪の紫色の花を手にして目の前に立っていました。

全てが薄ぼんやりとしていてそれが現実なのか幻なのか分かりませんでしたが、夢現手を伸ばすと両手に一輪の花の重みが残りました。

幼子のように、はにかんだ頬笑みを色白の顔に浮かべ、俯きながら差し出すその姿……。

あの花は何という名前だったのでしょうか。

あの時ほど幸せだと思ったことはありませんでした。

わたしは　かじりかけのりんごをのこして
しんでゆく
いいのこすことは　なにもない
よいことは　つづくだろうし
わるいことは　なくならぬだろうから
わたしには　くちずさむうたがあったから
さびかかった　かなづちもあったから
いうことなしだ

わたしの　いちばんすきなひとに
つたえておくれ
わたしは　むかしあなたをすきになって

いまも　すきだと
あのよで　つむことのできる
いちばんきれいな　はなを
あなたに　ささげると

「しぬまえにおじいさんのいったこと」
―谷川俊太郎―

五

週が明けると集中治療室の前は会社の人や、以前勤めていた会社の関係者や親戚、私の学生時代の友達も東京から駆け付け、出入りの激しい落ち着かない雰囲気になっていました。

主治医の、

「これじゃ、患者さんが疲れるだろうな」

という一言で、一切病室への出入り禁止「面会謝絶」ということにしました。意識が戻ったら多分誰にも会いたくないと言うと思ったからです。

見舞い客の中には倒れた直後の私の連絡で、二時間近くも車を走らせて来た、大学時代からの友人のKさんがいました。手術の時も麻酔の処置が行われていた間も時間の許す限り病院に詰め、ただ黙ってエレベーターの前の椅子に座り、ひたすら主人の回復を信じて待ち続けていました。

彼とKさんは同じ大学の出身で、「航空学科」という専攻した科も一緒でした。しかも卒業後も同じ会社に勤め、彼是四十年以上に亘っての付き合いでした。

結婚してからは年に二、三回、お互いの家を行ったり来たりしていました。Kさんから声が掛かるといつも上機嫌で、我が家に子供がいなかったこともあって子供好きな彼は、Kさんの三人のお子さんに会うのをとても楽しみにしていました。

二人には共通の趣味も多く、読書に始まり囲碁やテニス、油絵、他にも家族ぐるみで出掛けた鮎釣りや夫婦で楽しんだゴルフ等々、数え切れないほどありました。

中でも一番楽しみにしていたのは一局打った後の、一勝一敗でなければ果てしなく続く戦いではありましたが、酒を酌み交わしながら議論することだったと思います。

話すことは仕事のことが多かったと思いますが、難し過ぎたのか関心が無かったせいか分かりませんが、殆ど記憶に残っていません。

時には二人で一升瓶を空っぽにし、酔い潰れる一歩手前ということもありましたので、当然の如く理路整然というわけにはいかず、それで覚えていないのかもしれません。

ただ一度、会社がテネシー州に進出するかもしれないということに話題が及んだ時、二人は声を揃えて『テネシーワルツ』を歌い捲り、大いに盛り上がったことがありました。ところが決まった先はテネシーではなく他の州でした。

あまり飲み過ぎると体に良くない、酔っているから分からないだろうと、Kさんの奥さんと二人でウィスキーに番茶を混ぜてグラスに注いだことがありました。

「何だ、こりゃ」

とKさんに大きな声を出され、酔っ払っていても味は分かるのだとびっくりしたことがあります。

酔いもひどく回ると、お互い相手の言っていることに耳を貸さず全く無視した形で自分の話を続け、それでも最後は、

「其々の持ち場で会社を盛り立てよう」

と握手して別れるのが常でした。


彼とKさんは、結婚前同じ独身寮に住んでいました。階段を上り切ると先ずKさんの部屋があって、彼の部屋は更に進んだ一番奥まった所にありました。そんなわけで仕事が終わると時々Kさんの部屋に寄り道して、郷里から送って来たと思われるハイカラな嗜好品を御馳走になったようです。

「独身時代よくKがヴァンフォーテンのココアを飲むかと聞くので、何だ、そのフォーテン何たらはと言ってやった」

と愉快気に話していたのを覚えています。

幼い頃に戦争で父を亡くした彼は、恵まれた環境に育ったKさんを、多少羨ましく思っていたのかもしれません。

二人は共通のもの、青春時代を真摯に学問と向き合うことで己を高め、接する者は自然とそれに敬意を払いたくなるような、そういった近寄り難い雰囲気を持っていました。

それでも彼は童顔で与し易いところがありましたので、余程の人でなければ二、三回会っただけでそれを見抜くことは出来なかったと思います。

Kさんは自分には無い彼の豪放さに魅力を感じていたようでした。

「彼は夜中に酔っ払って帰って来て、『ハムレット』のあの長い有名な台詞を階段を上りながら言うんですよ。しかも原語でねぇ」

と何度か話されたことがあります。

シェイクスピアはドストエフスキーと並ぶ、若い頃からの愛読書でした。中でも学生時代に英語で暗記した有名な『ハムレット』のモノローグは相当気に入っていたらしく、結婚してからも度々暗誦することがありました。

"To be, or not to be,—that is the question:—
Whether 'tis nobler in the mind to suffer
The slings and arrows of outrageous fortune,
Or to take arms against a sea of troubles,
And by opposing end them? —To die—to sleep,—
No more; and by a sleep to say we end…"

「生か、死か――それが問題だ、
どちらが男らしい生き方か、
じっと身を伏せ、不法な運命の矢弾を耐え忍ぶのと、
それとも剣をとって、押しよせる苦難に立ち向かい、
とどめを刺すまであとには引かぬのと、
一体どちらが。
いっそ死んでしまったほうが、死は眠りに過ぎぬ――それだけのことではないか。
眠りに落ちれば、その瞬間、一切が消えてなくなる……」

(福田恆存訳)

残暑が厳しい九月初めの頃でした。もう二十五年前のことでしたが、主人が会社の部門の違う同僚に頼まれて、その人の上司のお嬢さんのお見合い相手を探す羽目になったことがありました。

元来人一倍面倒見の良い性格でしたので、仕事に忙殺されながらも何とかお役に立ちたいと思ったらしく、結局当時の直接の後輩に当たる課長さんにその話を依頼しました。

正確には覚えていませんが、秋も深まった頃だったと思います。お嬢さんと母親、そして彼は男性を引き合わせるという仲人の立場で、お見合いの席に出席しました。地下鉄の終着駅から程近い、目立たないレストランで会食は行われました。

「なかなか率直でいい青年だ。お嬢さんも気に入ったようで良かった」

迎えに行くと、満面の笑みを浮かべながら安堵した様子で助手席に乗り込みました。

その年も押し詰まったある日のことでした。

「お互いに気に入って、お付き合いが上手くいっているらしい」

後輩に当たる人の報告を受けたのだと思いました。

ところがある日のことでした。主人が困り果てた様子で会社から帰宅したことがありました。

「お嬢さんは結婚する気だったのに、彼が断ったらしい」……

お付き合いを進めて行く上で、どちらかがどうしても合わないと感じて最終的に断る、結婚に際しては慎重になるのは当たり前だし、その時は縁が無かったと白紙に戻せばいいことだと思いました。

ところがその後、この出来事は信じられないような影響を主人に及ぼしたのです。

今は合コンや友達の紹介等で気軽に知り合って結ばれることが多く、会社の上司が仲を取り持つお見合いなどは滅多に無いことですが、その頃主人が勤めていた会社は完全な男社会という雰囲気で、真面目に仕事一筋で過ごしていたら、いつの間にか三十代後半を迎えていたというケースが結構多かったのです。

半年くらいのお付き合いの中で、ことがあったのに男性側がよりによって話を断った、お嬢さんサイドからしてみれば許せない限りで、まさに怒り心頭に発するという状況だったのです。

それから間もなく主人は男性に話を聞かなくてはと思い、呼び出したそうです。

「ことは無かったらしい。あいつは嘘をつくような奴ではない」

詳しく話を聞いて、男性の話を全面的に信じたようでした。

ある晩のことでした。お見合いの話を頼んできた同僚から電話が入りました。主人はまだ会社から戻っていませんでした。

「いる？」

背筋が寒くなるようなものの言いようでした。こんな印象を持った会社の人は初めてでした。

「いえ、まだ帰っていませんけど……」

「僕とご主人と直接紹介した課長の三人で謝りに行きますわ。雁首揃えてね」

次の週だったと思います。三人で上司の家に謝りに出掛けました。これで終わった、以前のように平穏な日々が訪れるだろうと思っていました。ところが現実は思ってもみない方向に向かっていきました。

後になって知ったのですが、その後主人はお見合いをした男性を女性の父親でもある上司の手の及ばない職場に変えた方がいいとの判断で、配置換えをしたそうです。

このことが上司の逆鱗に触れたのではないかと思います。亡くなってからお参りに来て下さった方から聞いたのですが、その後の仕事上での彼に対する扱いは、傍から見ていて目に余るものがあったそうです。

主人は「男が廃る」と言って一切口外しませんでしたので、周りの人は理由が分からず、上司の主人に対する苛めは理不尽な光景として目に映ったと思います。

三年後主人は昇格しました。ところがいろいろな経験をした方がいいという会社の方針で、彼は二つの部門の担当を命じられました。

運が無かったと言えばそれまでですが、新しい部門の直接の上司が、こともあろうにその問題の人物だったのです。

その頃二十年住んだ家を住み替えて、隣町に引っ越しました。一段落してから会社の人を自宅に招きました。その中には男性を紹介した課長さんも来られていました。

「四年前のあの時は本当に大変でした。その上司が家まで怒鳴り込んで来られてね。

女房は怖くて震え、泣き出してしまったんですよ」

主人は穏やかな表情で、さり気なく話題を変えようと努めていました。その場にいた他の人達の殆どはこの話を知らなかったので、敢えて耳に入れる必要はないと思ったようでした。


昇格してからの会社生活は地獄にいるような日々だったと思います。仕事を通して自己を表現することに生き甲斐を感じている人に、最低限しかやらせない状況が続いていたからです。

その上司はその当時わが世の春を詠い、飛ぶ鳥を落とすが如く権勢をほしいままにし、頂点に上り詰めるちょうどその頃でした。

ある日、会社から戻った彼は憔悴仕切った様子で重い口を開きました。

「会議で無視されたので、僕は一言も喋らなかった」

「皆の前でお前は首だと言われた」
目の前でソファに蹲るようにして、彼は一頻り頭を抱え込んでいました。

あの時この私に一体何ができたのだろう……。会社でこのような公私の別を弁えない行為が許されるのだろうか。一体主人にどのような落ち度があったというのだろう。部下の言葉を信じ、身を挺して守り抜いたことに何の問題があったというのだろう。

その二つの部署を二期務め、やがて異動時期に呼び出されました。関連会社に移るという辞令が下りました。
「上がいない方がいいだろう」という理由で。

二つの部門を担当することになって初めて職場に赴いた時の、若いエンジニア達と新しい仕事に取り掛かった頃の、あの輝くような眼差しを今でも時々思い出すことがあります。

「本当に信じられないくらい優秀な奴がいるんだ。僕が一を話すだけで、十の答えが返ってくる」

「そういう若い奴を育てて、一緒に創造性のある仕事をしていきたいなぁ」

六

倒れてから二週目に入ると、血圧が異常に下がる日々が続いていました。再び手術を行うのは最早不可能な状態でした。

危篤の知らせにさいたまと藤沢に住む彼の甥二人が、みたび慌てて病院にやって来ました。横浜の私の姉も倒れた時からずっと付き添ってくれていました。

夜遅く甥の一人と部屋に入りました。その時は既にベッドは集中治療室から個室に移されて、暗に寿命が尽きるのは時間の問題だと告げられているようなものでした。

「ジュン君よ。分かる？」

そっと呼び掛けました。青白い顔の口元がかすかに動いたような気がしました。

「分かった！　分かった！」

これが最後の反応でした。


夜中近くになって一人で部屋に入ると、天井に取り付けられた蛍光灯の薄暗い灯りが、ぼんやりとベッドの辺りを照らし出していました。

その照らし出された辺りには今まで知ることのなかった、厳かな雰囲気が漂っていました。

こちら側に存在する者は決して踏み入れることの出来ない、厳しいまでの尊厳さがそこにはありました。

直向きに純粋に、妥協を許さず奮闘し続けた人間に、これほど穏やかで荘厳な最期が用意されているとは思いもしませんでした。

ベッドに横たわる彼は死と対峙しているのではなく、厳粛に静かにそれを迎え入れようとしていました。その毅然としたありようは傍らに「神」が存在することを感じさせました。

その時残された時間が僅かであることを私は理解しました。

危篤の知らせで駆け付けた彼の二人の甥が、明け方近くまで徹夜で付き添ってくれました。

久し振りに朦朧とした状態から解放され、朝の風を仮眠室の小さな窓から浴びて、彼の待つ部屋に向かいました。

入って時計を見ると、七時を少し回っていました。主人は眠っていました。

暫くすると若い看護師が、治療に必要な医療器械の部品を交換する為に部屋に入って来ました。

その間に、この棟一階の玄関ホールに備えられた自動販売機コーナーで温かい紅茶を飲もうと、椅子から立ち上がりました。

まだ朝の八時前なのに、入り口付近の受付カウンターの前は、早い順番を取ろうとする外来の患者やその家族でごった返していました。


このホールには思い出がありました。

五月に手術してから暫く歩くのが困難だった彼を車椅子に乗せて、病院の庭を散歩するのが退院までの日課になっていました。部屋に戻る前にここに立ち寄って一息付くのが、二人のささやかな楽しみだったのです。

「何が飲みたい？」

「温かい抹茶ミルクだな」

八月半ばに倒れてからはこの場所を目にするのも辛く、二十日間近く逃げるようにして通り過ぎていました。

この日は違っていました。

自動販売機で抹茶ミルクを買い求めるとそれをそのまま持って、診察待合いコーナーに並べられたベージュ色の椅子に腰を下ろしました。あの時は横の僅かな空間は、車椅子の彼の為のものでした。あの入り口から入って、ここに車椅子を止めて……。毎日決まっていた道筋を一つ一つ確認するかのように目で追った後、玄関のガラス越しに見える鬱蒼とした木々が風に揺れるのをぼんやり眺めていました。生い茂った葉の隙間から零れる陽射しはほんの少し緩んで、夏がいつの間にか終わったことを感じさせました。

時計を見ると、八時十五分前でした。

紙コップを指定のゴミ箱に捨てると、正面突き当たりのエレベーターを目指して、足早に歩いていきました。

案の定一つしかないエレベーターは最上階で止まったままで、一階に下りて来るにはまだかなりの時間を必要としました。

迷わず左手後ろの階段を駆け上がりました。

三階に上り切ると、集中治療室の扉を内側から慌てた様子で押しながら甲高い声で私の名前を呼んでいる、若い看護師の姿が目に入りました。

凍り付くような思いで彼女の後に続きました。

七

現役で亡くなりましたので、アトリエのある家でお葬式を済ませた後、お寺で社葬が執り行われました。平日にもかかわらず、二千人以上の方々が最後のお別れに来て下さいました。

簡素でしかも荘厳さを感じさせ、彼に相応しい式であったことに深い感謝の念を抱きました。

会社の方達へのお礼の言葉として、おそらく彼自身が伝えたかったことを、最後の挨拶で述べさせて頂きました。

＊　＊　＊

主人はこの春の四月頃から体調を崩し始めまして、五月七日の手術は成功したのですが、七月半ば過ぎから回復が思わしくなくなりまして、それでもなお手術直後のお医者様の「三年は保障します」という言葉をひたすら信じまして、気力を振り絞って仕事に出掛けますその姿は、壮絶さと同時に胸を打たれるものがございました。

若い頃の主人の好きな言葉の一つに、内村鑑三の『後世への最大の遺物』の中の一節があります。

「何人にも残し得る後世への最大の遺物は何か……それは勇ましい高尚なる生涯である」

主人の生き方はこのようなものであったと思います。

どんな逆境におきましても決して手を抜かず、持ち前の明るさと粘り強さで、誠心誠意高い目標に向かって突き進んでいく、こういう姿はいつまでも心に強く残ることだと思います。

自主独立を自分にも周りにも厳しく課した半面、自由を愛し、人間の創造力を含む人間の存在そのものを愛していたと思います。

今年に入りましてから主人は「僕は来世を信じる」と口にするようになりました。実際に来世があった場合に、信じていなかったよりも信じていた方がずっと得るものが大きいというのがその理由でございました。

自然が好きでとりわけ海が大好きでしたので、生まれ変わりましたら世界中の海を、ヨットで走り回っていることだと思います。

建築家になるのが若い頃の夢でしたので、イタリアやスペインの建物をスケッチしながら、歩き回っていることだと思います。

ゴルフに興じ、緑豊かな光溢れる丘の上の小さな家で、ハーブや野菜作りに精を出しながら、沢山の本に囲まれて過ごしていることだと思います。

そして何よりも仕事を愛していましたので、仕事を通して知り得た皆様方を心から愛し、大切にしていたと思いますので、生まれ変わりましたら皆様のお傍に、魂のみなもとに存在し続けるだろうと思います。

＊　＊　＊

あとがき

昨年、主人の十三回忌を迎えました。

法事を終えましてから、主人に捧げる本を出版したいという思いに駆られるようになりました。記憶にある事実をありのままに綴ったつもりです。

組織の人間でしたので、全てお墓に持っていった方がいいのかと迷うこともありましたが、今は少しも怯むことなく苦難に立ち向かった主人の凄まじい生き方を記録として残し、一人でも多くの人に読んで頂きたいと思っています。

亡くなったその年の暮れに、仕事を通して知り合った先輩、同僚、後輩、また関連会社の方達からＣＤにまとめられた弔辞を頂きました。

昨年は学生時代の友人を介して、主人の発案、指導の下に開発された関連企業の機械装置が、現在世界中の工場で稼働していることを知りました。それには主人の名前が数字に変えられて型番として印されていました。英文のカタログも彼女のご主人から手渡して頂きました。

年下の友人からは、「会社で大変お世話になりました。改めてお礼を申し上げます。お陰様で良い仕事を経験出来ました。歴代担当役員の中で、最も尊敬する役員です。ご冥福をお祈りします」とお悔やみのコメントがネット上にあることも聞かされました。

仕事を通して若い人々を育てることは、彼の生き甲斐でもありました。

今でも尚主人を慕って下さる方達が、偶然この本に出合って主人の最期の姿を知って下さる、それが私のささやかな願いです。

福田　凜（ふくだ　りん）

1948年、東京に生まれる。
1970年、日本女子大学文学部卒業後、結婚。
愛知県在住。

苦難の海に立ち向かい

2015年５月25日　初版発行

著　者　福田　凜
発行者　中田典昭
発行所　東京図書出版
発売元　株式会社 リフレ出版
〒113-0021　東京都文京区本駒込 3-10-4
電話（03）3823-9171　FAX 0120-41-8080
印　刷　株式会社 ブレイン

ISBN978-4-86223-861-0 C0095
Printed in Japan 2015
落丁・乱丁はお取替えいたします。

ご意見、ご感想をお寄せ下さい。

［宛先］〒113-0021　東京都文京区本駒込 3-10-4
東京図書出版